KB265596

또 다른 골목길에 서다

이 도서의 국립중앙도서관 출판시도서목록(CIP)은 e-CIP 홈페이지
(http://www.nl.go.kr/ecip)에서 이용하실 수 있습니다.
(CIP 제어번호 : CIP2013001124)

또 다른 골목길에 서다

글쓴이 / 이가희
펴낸이 / 孫貞順
펴낸곳 / 모아드림

1판 1쇄 / 2013년 3월 12일

서울 서대문구 북아현3동 1-1278
전화 / 365-8111~2
팩시밀리 / 365-8110
E-mail / morebook@morebook.co.kr
http://www.morebook.co.kr
등록번호 / 제2-2264호(1996.10.24)



＊잘못된 책은 구입하신 서점에서 바꾸어 드립니다.
＊지은이와의 협의하에 인지를 붙이지 않습니다.


값 8,000원

모아드림 기획시선 141

# 또 다른 골목길에 서다

이가희 시집

모아드림

■ 시인의 말

　싱겁게 산다고 생각했다. 내 일상의 자질구레한 곳에 너무 오래 머물러 있는 햇살들에게 미안했다.

　50년이라는 시간의 더께가 굳었으니 그 안에는 헤아릴 수 없는 적막과 거친 기억들이 내 몸에 촘촘히 박혀있으니 나날이 각질화가 심해졌을 것이다.

　그러나 서툴게 나를 지나 온 기억들이 굽은 길일지라도 또 다른 길을 원하니 가야한다.

　때로 곤혹스런 이물감으로 내 삶의 좌표를 다시 흔든다 해도 기꺼이 떠나야한다.

　이제 나는 또 다른 골목길을 서서 내 삶이 더 곰삭아 발효되길 원한다.

2013년 2월
이가희

# 차례

1부

# 죽로차*

네 향기를 다스리는 것은
대숲의 바람 한 줄기
너를 키우는 것은
댓잎에 매달린 이슬 한 방울

너를 한 잔 마시니
대숲 바람 한 줄기
내 몸 안으로 불어오고
목젖까지
댓잎에 맺힌 이슬방울들
햇살을 가득 실어 넘어간다

나는 지금,
햇살과 바람을 마시고 있다


*죽로차 : 대나무 그늘 아래 이슬 머금은 차라 한다

# 황태

대관령 황태 덕장에 걸린 명태들이여
두고 온 바다를 향해 아가미 벌려 고함쳐라
바다의 흔적은 삭풍을 견뎌야
산에서 비로소 깊어지는 법,
지느러미 꼿꼿이 세워 푸른 파돗소리 쟁였다면
더 세찬 눈보라 몰아쳐야 그 몸 단단해지니
한기에 멍들어 얼었다 녹았다 족히
스무 번을 거쳐야 구수해질 것 아니냐

서둘지마라!
그 몸 안 가득 끌고 왔던 심해의 기억들,
해풍에 말려 모조리 숙성시켜야
비로소 해독된 새 아침을 맞을 수 있으니

건조된 네 몸뚱아리 쫘악쫘악 찢기는 동안
저 동해바다의 등푸른 소리 싱싱하게 올려
만취한 누군가의 속 말갛게 풀어
발효된 내일을 건져 올릴 수 있어야
네 목숨 귀할 것 아니겠느냐, 덕장의 황태들이여!

# 가을 문학콘서트

시집을 발표한다고 하염없이 흰 종이만 바라본다

일상의 각질들이 두꺼워지듯
이제는 사고의 창고들도 늙었는지
내 원고지에 쓸모없이 충혈 된 활자들만 누워 있다

가을밤 깊어갈수록
책상에 앉은 달빛 조각들만
나의 빈 원고지에 시를 써 내려 가는데
밤새 한 줄 건지지 못한 시인은
일기장에 흰 머리카락 한 웅큼 뽑아 놓는다

시인은 죽어도
시는 살아있는가

달빛이 써내려간 가을시편들을 모아
풀벌레들, 저마다 목청 가다듬어 밤새워 시낭송 한다
노랫소리 끝날 줄 모른다

드디어 가을 문학 콘서트가 시작되나 보다

# 삼성동 사람들*


새벽마다 삼성동 골목에 두부 파는 종소리
어머니의 칼날 앞에서 예리하게 토막 난다

날카로움은 부드러움을 키운다
따끈함은 정사각형이다

노근한 함석지붕 아래
따끈한 두부 한 모 식구들의 하루를 데워준다
밥상 위 네모 난 희망도 차려 먹고 기죽지 않는다

젖은 삼성동 골목길 사람들은
따끈한 두부 한 모로 배를 채우고
등을 펴고 출근을 한다


*대전시 동구에 있는 동 이름

# 오천항

까닭 없이 가슴이 답답하여
오천항, 방파제 위에 나를 세웠다
바닷바람은 비린내를 싣고 와
내 안의 오만을 절이는데
그동안 내가 한 일은 무엇인가
사업자 등록증을 내고
상아탑을 세우려 무던히 애쓴 것
커다란 간판 위에 내 문패를 걸었던 것인가

내가 키운 것은 먹어도 먹어도,
채울 수 없는 허기였는지
검푸른 파도는
거친 훈계로 나를 갈긴다

더!이!상!각!을!세!우!지!마!라!

누구든 삶의 골짜기 어디쯤
제살 깎는 아픔 없을까마는

저 물결처럼 허물기만 하는 건 쓸쓸한 법,
내 생에 보이지 않는 누수가
하나도 없으리라 기대한 것은 아니지만
무엇하나 축적하지 못하고
모래처럼 흩어지는 시간들
그래도 파도는
끝없이 경계를 지우며 주름살을 편다

밤새 무릎세운 안쓰런 등대의 불빛 아래
나도 더는 깎아 내릴 수 없는
둥근 각 하나 내 몸 안에 지을 수 있는지
한 마리 재갈매기 되어
이제 막 곡선으로 자맥질을 시작한다

# 빈들교회

새벽부터 잰걸음 걷던 바람도
대화공단 굴뚝 아래서 멈춘다
꼬막등처럼 등뼈 접고 잠들었던 칠레견습공 빤타레
물컹한 슬픔 안고 빈들교회로 간다
어쩌다 이 먼 곳까지 와 버린 것 일까
처음 발 딛던 2년 전
가슴은 마냥 별빛으로 출렁였는데
손가락 두 개가 잘려나가고
여섯 달째 밀린 월급봉투는 아득히 표류중이고
낯선 땅 서러운 노래 소주잔에 띄워 삭이곤 했다
눈만 감으면 두고 온 후타섬,
쪽빛 바다 물결 눈썹 가까이 밀려오고
그 쪽으로 고개 파묻고
어설픈 기도문 통증처럼 뱉어내는 그의 이름은 외국인
노동자
거친 파도의 목청으로 울다 허리 꺾인 동료들처럼
그래도 또 다른 비상을 꿈꾸며
사장님 몰래 투서도 보내고

대사관 깃발 아래 탄원서 날렸지만
이유 없이 몇몇은 본 국으로 쫓겨가고
또 몇몇은 기어이 젊은 날개가 꺾여
상처의 휘장을 달고 추락해야만 했다

콧속, 까만 분진들
곰삭은 천식으로 쿨럭대고
허물어지는 그의 생도 먼지 켜켜이 쌓이는데
손톱 밑 때 절은 노동의 시간은
신음하는 그의 입술을 훔치고 흘러나와 하루 종일,
빈들교회 십자가만 축축이 적시고 있다

# 상사목相思木

날마다 떠오르지만
날마다 떠나보내는 운명


동호해수욕장, 모래사장 따라
늙은 살갗 태우는 해송을 만나다


해를 품은지 수백 년 된 소나무들
날마다 온 몸 붉게 태워
바닷물 속에 던졌으니
이 형틀에 묶인 붉은 그리움은
일생동안 내가 앓아야 할 상사병인가


솔방울 하나가 눈물 되어 툭 떨어지다


하지만 그 솔방울 떨군자리에도
더러는 몇 촉의 별빛 내려와 새순 틔울 것이고
저 연한 침엽의 물렁뼈마다
죽어도 죽지도 않을
그리움의 발톱 돋아 날 것이다, 상사목相思木

# 씨앗

베란다 쇠창틀 사이로
나팔꽃이 4층까지 기어 올라와
한사코 넝쿨손을 디민다
여름내 폭염을 다 갈아 마셨는지
먹빛 유지매미, 아코디언 연주가
협곡처럼 깊더니만
8월의 끝자락,
그 열꽃의 다툼도
바닥을 드러내고 있다

계절을 건너려면
누구나 상처를 품어야 하는가
붉은 속살 알알이 키우던 석류들
찢어진 살갗, 그 안으로
촘촘히 붉은 노을 담아놓았는데
곁가지 붙들고 하늘 오르던 나팔꽃
짱짱한 가을, 씨앗주머니 안에
까맣게 쟁이고 있다

매미 울음, 씨앗이구나!

# 오근장역*

오근장역, 바람만 타고 내리는

고개 모로 꺾고 잠든 저 승객도

어느 족보위에 귀한 이름 한 줄 올렸을 텐데

깨어보면 늘 낯선 대합실

평생 떠도느라 빚만 졌으니

그 길 손 나른한 생도

단단한 철로 위, 숨차게 달려

가

닿을 수 있는 간이역

내 삶의 지적도 위에도 한 줄 그을 수 있을지

잠시 문 열고 닫히는 사이

잘 익은 가을이 성큼 올라탄다


*오근장역: 청주에 있는 충북선의 작은 철도역

# 거미줄


명줄의 무게를
한낱 바람 한 줄기에
맡겨둔 운명이라 비웃지마라


내 꽁지 끝
지그재그 트러스 구조*의 힘줄은
총알을 막아줄 방탄복의 유연함도
아스라한 높이의
저 금문교 철탑의 무게도 받아낼 줄 안다


때로 먹이를 얻기 위해 죽은 척
긴 기다림도 감수해야하지만
내 몸 안에는
그물을 짜는 설계도가 있다
신이 선물한 독니가 있다


씨줄의 햇살과
날줄의 바람으로

허공에다 집을 지을 수 아는
그래도 나는,
21세기 미래형 건축사다
새 길을 내는 창조자다

*트러스 구조: 강재鋼材나 목재를 삼각형 그물 모양으로 짜서 하중을 지탱시
키는 구조를 말한다.

# 겨울바다에게 고함

고요한 늦겨울의 밤바다
출렁이는 물결 위에 잠들지 못한 어린 별 하나
사뿐히 내 가슴으로 걸어 들어온다
그 발걸음에 나는 지금 숨 가쁘다

갯바위에 달라붙어있는 거북손
이제 숨 고르기 끝냈는지 별빛이 스민다
얕은 바닷가 아직 잠들지 못한 나룻배 한 척
갈기 세운 바람 때문일까
가끔 들썩이며 돌아눕는다

이 밤이 지나면
어둠이 걷힐 것이고 비로소 나는,
소금기 밴 저 별빛으로
온 몸을 씻고 금빛 태양을 맞을 수 있을 것이다
비록 지금은 검푸른 바다만 바라보고 있지만
동쪽 어디쯤은
푸르스름하게 깨어나는 걸 알 수 있다

바다는 하늘만 바라본다
나는 그 바다만 바라본다

# 빗방울은 그리움 싣고

그냥 후두둑 지나가는 소나기 정도에
다시는 젖어 떨지 않으렵니다
당신의 부재로 축축한 내 몸은 아직도 떨고 있는데
저렇게 다시 비를 만납니다
그 빗줄기는 그냥 내 상실의 나날들을 지나쳐 갔고
후두둑 내리다 그칠 것이라고 위안합니다

당신이 없어도
아직은 견딜 수 있습니다
정말 괜찮습니다

장맛비 퍼부어도
내 그리움에 귀 기울인 빗방울 하나쯤은
당신의 아득한 눈썹 위로 떨어질 것이라 믿습니다
가슴에 닿으리라 생각합니다

빗방울들, 내 그리움 싣고 당신께 흘러 갈 테니까요

# 대금

대나무
바람의
기억을
곱씹어
비로소
음계를
만드니
살풀이
춤사위가
한 마리
학의 넋
되는구나

# 10월



기러기떼

달빛을 걸어

밤하늘에

수묵화를

그리는 것

# 쉰 살, 여자의 가을은 흔들린다

가을은 흔들린다

늦가을 뼈 속에는
억새꽃의 흔들림이 있다
하염없이 강물을 바라보다가 억새밭에 함께 눕자
그 바람아래, 쉰 살 여자의 가을도 흔들린다

멀리 금강 물살 위에 노닐던 노을을 끌고
산등어리 하나씩 넘어간다
수척한 저녁이라 빈 들녘 누추하지만
그래도 저무는 하늘가로
초대받은 듯 모여드는 기러기떼
잠시 흔들리던 내 이마의 흉터가 환해진다

이 계절의 끝,
가을이 메말라 화석이 된다면
허공을 흔드는 억새꽃들의 지휘만 남을 것이다
나는 그 성근 바람의 길에 접속하여

오늘은
끝까지 다 걸어가 봐야겠다

2부

# 물집

아픈 기억이 흐름을 멈춘 채 갇혀있다
하찮은 감정의 집이라 생각했나보다


너는 흔한 것인지 몰라도
나는 너에 대한
추억의 물집 주머니를
살짝만 건드려도
통증을 느낀다


급기야 물집이 터져버려
그리움의 염증이
온 몸에 퍼질까 봐


나는 지금


두. 렵. 다.

# 새의 둥지

폭우가 쏟아졌던 여름날
아파트 5층 베란다에서
무심히 창밖을 내려다보는데
나뭇가지 사이에 새 둥지가 보였다
지붕도 없는 새의 둥지
그 바람을 다 받아내고
비에 고스란히 젖고 있었다
그리고 그 곳이 집인양
날아온 새는
날갯죽지에 부리를 묻고
빗소리 천둥소리 견디며
한 뼘씩 크고 있었다
맑은 날이면 저 곳에서
둥지 사이를 비집고 들어오는 햇살 모아
젖은 날개도 말리고
날갯죽지 깃털도 키우고
속살도 통통히 찌우고 있으리라

폭우가 쏟아지던 어느 여름날 나는 보았다
둥지 속에서 새들의 꿈을 키우는 것은

천둥이고 번개라는 것을
비상은
밤하늘 부드러운 별빛을 덮고 자는 것으로
단단하게 여물지 않는다는 것을
내일을 위해 폭우 속을 견디는
그 어린 날개를
나는 오랫동안 바라보고 있었다

그 젖은 둥지 속
날아오르는 새들의 꿈에 비해
나는 지금까지
너무 보송보송한 몸으로 살고 있다
나날이 포근하게 잠들고 있었다

꿈도
뿔처럼 단단히 여물게 하는 것이 천둥이구나!
저 거친 폭우였구나!
번개였구나!
그랬었구나!

# 안면도 2

오랫동안 수평선을 바라본다

파돗소리, 누워서 섬으로 간다

갈매기도 수평선 가까이 눕기 위해 날개짓한다

직립의 내 몸, 뉘여야만 그 섬에 갈 수 있다

# 능소화꽃

당신은 축축하게 젖은 그리움이
7월말 장마 빗속을 뚫고
명치끝을 건너 갈 즈음
아우내 장터 담장 위에
황홀한 주홍빛으로 피어났다
만세소리 쟁였던
유관순 누나의 핏빛 절규처럼 피어났다

태양에 데인 자리, 붉은 흉터의 꽃이더냐 능소화꽃,
한 때는 뜨거움이 전부였으므로
명예로운 순간이라면
목숨이라도 기꺼이 던지리라

그것은 가장 아름다운 순간만 지키는 길,
통째로 생을 버려 명예로움만 가질 수 있기에
저 거친 장마 끝에 잠시 눈부시게 피었다가
꽃잎 하나 시들지 않게 떨어져 내리는 것이다

그 능소화꽃, 유관순 누나 닮았다

# 전주, 승광재에 머물다

풍남동 골목, 무너진 왕조의 문패에는
누룩곰팡이가 산다
다시 일어 설 왕국을 꿈꾸는가
누추한 겨울 햇살 등지고 저무는 승광재

전주 한옥마을 골목길을 걷다 나는,
흐릿한 마지막 왕의 이름을 통증처럼 뱉어본다
먼 허공에 뿌려지는 메아리라도 불러본다

저 곳이 빛을 계승하는 집이라 했던가
바람도 잠시 낮은 자세로 분다

흐르는 시간이 지층으로 쌓이면 문서가 되는가
관광 안내지도에다 찍혀있을 쓰러진 족보
비둘기 집을 노래하던 나의 마지막 황손은
지금 어디에서 서성이고 있을까

술 몇 잔에 달끈하게 익어가는 승광재 골목,

어디선가 풍경소리도 취한 듯 흔들리는데
누룩이 익는 그 골목 끝,
알맞게 숙성된 노을이 천천히 깔리고 있다

# 그 섬, 나문재로 가라

나만의 섬 하나 갖고 싶다면 나문재로 가라


안면도 해수욕장 77번 국도 어디쯤
네비게이션 마저 길을 잃을 때
염부 너머 바람만 데리고
둑방길 걷다보면
비로소 가 닿을 수 있으리, 나문재


아득하다 못해 은밀한 곳에 떠 있는 쇠섬
때로 일몰의 깊이에서 서해 바다는,
석양빛에 탁본 된 6만 6000제곱미터 섬 하나
저녁마다 붉게 구워낸다


패션의 지붕위로 별빛이 하염없이 쏟아지면
나는 소라껍데기 전등 아래서
딱딱하게 굳은 내 일상의 각질을 벗겨내고
별빛 박힌 보석 섬 통째로 가슴에 심는다

내일은 섬에 쟁여둔 예쁜 추억을 대출받아
어떻게든 저 노을과 별빛을
나의 소유로 등기 내고 문패를 걸어야겠다

# 6월

맨발로 계족산 황톳길을 걷다
봄꽃들의 잔치가 끝나니 연두빛이 짙어진다

번진다는 것은 때로 무서운 것이다

봄볕에 슬몃 잎새 피우던 저 어린 가지들
통째로 산자락마다 푸른 피로 점령해나간다
내 몸의 혈관을 타고 여기저기
푸른 물 뚝! 뚝! 떨어져 번지고 있으니
내 발바닥을 뚫고 실뿌리가 내릴 것 같다

6월의 의자에 앉아 맨발의 갱년기는 외친다
쉰 살이라도 저 잎맥처럼 풋 여름이고 싶다

아직 나는 늦은 봄날이고 싶다
새 길 찾는 풋내 나는 여름이고 싶다

# 누군가 초인종을 누릅니다

누군가 초인종을 누릅니다
막 도착한 목련꽃 서 있습니다
향긋한 냄새도 풍기며
하얀 입술을 벌리고
말도 걸어옵니다

"꽃그늘 아래 그리운 얼굴 숨어 있니?"

초인종을 누르고 들어오는
봄꽃 따라 얼었던 몸이 열립니다
그리움 어루만져줄 봄바람 아래
시린 내 어깨도 맡기렵니다

꽃잎 뚝뚝 떨어져 버려질지라도
또 다른 상처가 생길지 모르지만
햐, 어쩔 수 없는
봄 향기의 대문을 열고
들어오는 초인종소리,

정신을 잃더라도

무조건

그대를 환하게 맞아 사랑하렵니다

# 외돌개



어둠은 하늘의 별을 깨운다

바람의 결은 침묵을 깨우고,

파도의 숨결은 바위를 깨워,

외돌개

저 늙은 해송의 노랫소리 깊어지게 한다

# 과식

너무 많이 먹었다!

봄 햇살, 봄바람, 봄비, 봄꽃, 봄나물까지

내일은

수척한 몸과 시린 마음,

초록빛으로 통통하게 살쪄 싱그러워지겠다

# 순천의 봄

순천의 봄은 서둘러온다
어린 보리가 서툰 봄 향기 맡고
파릇하게 돋아나면
논두렁 밭두렁 병충의 알을 태운다, 늙은 노인
그 때마다 노인의 거친 손바닥엔 죽지 않고
달라붙은 자투리 겨울도 태운다
한 때 노인의 농토는 소금밭이었지만
이제는 제일 먼저 봄이 찾아와
푸른싹들과 함께 염습지를 점령한다

이제 노인은 먼지 낀 안경알을 닦아
쟁기 끌어줄 소들의 코뚜레를 손질 할 것이다
어미 소 따라 나온 새끼의 고운 솜털을 타고
논두렁 밭두렁 봄물 들어 금새 싱싱해지겠다

곧, 노인의 안경알 푸르게 반짝이겠다

# 수덕사, 빗속에 갇히다

오늘따라 수덕사 뒤뜰에
그리움 가득 실은 빗소리 차오릅니다
나는 지금도 108일 동안 쌓은 추억의 계단을 따라
지울 수 없는 당신의 흔적을 꺼내봅니다
그대 이제 내 곁에 없지만
내가 받아들인 마지막 사랑이라 믿기에
더 이상 울지 않아요
저기 흔들리는 풍경소리 노 저어
지금이라도 당신에게 갈 수 있다면 얼마나 좋을까요
함께 가지 못 할 길이기에
너무나 짧아 맺지 못한 사랑이기에
이제는 당신을 떠나보냅니다
그냥 못 다한 말 대신에
저 댓잎 끝에 맺힌
이슬방울 한 스푼 떠
우리의 마른 추억을
촉촉이 적시고 싶을 뿐입니다
오늘은 비 내리는 수덕사 뒤뜰에 섰으니까요

# 박 꽃

외가댁 지붕엔  해마다 박꽃이 피었다

하얀 영혼의 꽃,
저 화사한 달빛 안고 기다리면
아프지 않게 늙을 수 있겠다

지붕 위,
잘게 조각난 달빛 마시며
어린 박꽃 넝쿨손 한 뼘 씩 자랄 때면 잠시,
낯선 시간 속을 헤매던 거친 그리움도
이젠 편안하게 안락사 할 수 있겠다

하얀 꽃잎 속에
보드라운 달빛 포개어 스며들고
둥근 지붕 아래 내 어릴 적 꿈도
달콤하게 잠들었다

외갓집 박꽃 피는 지붕 위에

아직도 잠들지 못한 달빛 몇 조각,
새벽마다 창문을 서성였다

# 3월, 그리고 식장산

햇빛과 바람이 차려놓은 길, 식장산
차운 바람 뚫고 솜털 같은 3월의 햇살들
얼마나 저 산길을 수시로 들고났으면
산자락마다 봄물 들어 저리 싱그러워졌을까

숲은 얼었던 뼈마디 풀고
연두빛 새순을 틔워 함께 새 알을 키운다

송신탑 아래 어린 떡갈나무
봄바람의 속삼임
귀 쫑긋 세우고 듣더니
어느새 연두 손가락을 편다
가지 사이 둥지 속 새알들,
햇살에 등이 간지러운지
작은 금이 생기며 들썩인다

곧 등선을 타고 초록의 연주 위에
날아드는 것들 가득 하겠다

# 탈옥

대전교도소 담장 너머
일찍 탈옥한 햇살 한 줌,
두릅 한 손도
조금 이르게 가석방 시켰나보다

아직 애기 털이 보송보송하지만
쇠창살 담장을 연두빛으로 물들이고 있다

이제 겨울의 감옥에서 풀려났다,
3월의 어린 햇살들

3부

# 12월

시린 마음의 뼈마디마다 한층 간격들이 벌어졌는지
대청호 물살 어울거림에 눈빛 스며들기 힘들다
저 그리움은 어디에서 흘러내려왔을까
물빛에 헹구어보니,
내 몸 어디에도 삐걱대지 않은 곳이 없다
마지막 달력을 건너기 힘겹다

현암사 절간에서 울리는 범종소리
나무들 다 벗은 채 산 아래로 내려오기 전에 너에게
가 닿을 수 있을까

나를 떠난 그대 가슴에
이 허허로움을
실을 수만 있다면
시들어가는 그리움
끝내 닿을 수 없는 너의 항구에
돛단배를 타고 남몰래 서성일 수 있을텐데

12월 겨울바람 질러와 내 몸을 열어도
아직 나는, 외로움을 고스란히 받아들일 내장이 없다

# 우면산

몰려 든 잠자리떼 탓인지 하늘이 어지러웠다
투명한 날개와 파닥거림 속에
잘 익은 가을 햇살이 꽉 차 있다

계절은 바뀌었지만
아직도 우면산 아랫마을은 삭신 쑤신다
산사태에 목이 꺾인 가로등에 흙의 피가 묻어있다

이불과 접시와 밥솥마다 토사의 신음소리 가득하다
마을사람들은 하루 종일 젖은 산자락을 널어 말린다
축축한 골목은 흙의 무덤,
개짓는 소리 더 이상 들리지 않고
장마 끝난 빈 하늘 위에
잠자리떼가 요란한 지도를 만든다

하늘에 그려놓은 새 지도를 따라
마을 지붕들, 하나씩 이사를 떠나고 있다

# 대관령 고개에서 하늘을 만나다

내 눈길이 마주치는 곳에 하늘이 있었다
고개가 품은 하늘과 잠시 마주섰다
대관령은 구름 위에 앉아 있었다

아슬한 경계에서 평화로운 흰 구름 몇 조각
대관령 고개에 걸쳐놓으니
저 한 폭의 그림 아름다워라

내가 끌고 온 문명의 발자국을
저 곳에 찍는다는 것이 왠지 미안했다
초원을 느리게 걷고 있는 어린 양떼,
방부제에 찌든 너무 멀쩡한 내 손을
그 눈빛에 도저히 내밀 수 없었다

하늘도 여기서는 깨달아야 한다
햇살이 오랫동안 앉아 쉬고
바람도 구름도 잠시
순한 고개에 걸터앉아 숨고르기 한다는 것을

나도 잠시 쉬었다가
도시의 오염을 던지고
게으른 양떼의 푸른 울음이나
몰래 보쌈 해가야겠다


가끔씩 바람은
집으로 돌아오는 목동의 피리소리를 냈다

# 햇살의 숙제

햇살 아래 저 초록 잎새들이
엽맥을 따라
잔잔한 길 찾아가는 것을
오랫동안 바라본다

오늘, 더듬는 것들이 미처 알지 못하는
새 길이라 해도
나도 저 잎새처럼
내 몸의 푸른 피돌기들 뻗어나갈 것이다

햇살이
나에게 주신 하루치의 命이기에!

# 북한강은 흐른다

그 가슴에 시간의 질곡을 깊이 담아
그리도 푸르른가, 북한강
이념은 강토를 함부로 재단하여
둘로 나눴지만
우리는 애초부터 둘로 나눌 수 없었다

전쟁의 포화도, 곳곳에 세워진 댐들도
강줄기 그 질긴 흐름을 막지 못해
모두 두울머리로 향하는 것을

저 물줄기 양쪽으로 나눠놓고 애달팠던 맘
이제 한 몸 되어 얼싸안으니
더 이상 북한강이라 부르지 마라

드디어 한강이 되어 흐르는도다
한. 줄. 기. 다.

# 겨우 알았다

열 살 때, 아주 쉽게 알았다

얼음이 녹아 물이 된다는 것을

그런데

내 나이 쉰 살이 되어서야

겨.
우.
알.
았.
다.

그 얼음이 녹아서 봄이 된다는 것을

꽃이 핀다는 것을

# 갑사의 뜰

울지 못하는 날이 많아질 때마다 그 산에 올랐다
멈추지 않고 물들어가는 저 산자락으로
내 무른 눈물이 번지고 있었다
돌 탑 아래 흩어진 가을 햇살 아래
유난히 붉은 단풍나무 한 그루
내 안에 들여와 설컹거리는 마음을 데워본다
노랗게 혹은 빨갛게 익어가는 산사 아래
가을빛 고요하게 내려앉는다

바람 한 줄기, 벌써 가지를 비워 낸 나무에게
돌아선 마음 애써 잡지 말라 달랜다
떠날 채비 끝낸 나뭇잎새들의 먼 여행길에
내가 있겠다고 가볍게 읊조린다

더 늦기 전에 단풍잎 우표 한 장 붙여서
갑사의 뒤뜰, 홀로 남아 등 굽어가는 소나무에게
안부의 긴 가을 편지를 써야겠다

# 서설瑞雪

처음이라는 것은 모두 슬프다


새해 첫 날부터 저 눈발,
할퀸 상처들을 다 덮어 주나보다
처음처럼 아프지 말라고
가닥 없는 그리움도 쉽게 잊으라고 쌓인다


아프지 않아 안에 숨은 상처 나은 줄 알았다


아픔을 잃었을 때가
정작 마음이 병든 때라는 것을
말기가 되어서야 깨달았다
더는 어떤 처방전도
상처를 아물게 못한다는 것을 알았을 때
눈발이 잠깐 멈췄다
슬픔이 하얀 독처럼 쌓여갔다
슬픔은 꽃이 되지 못하는지
그 사이 폭설이 또 내릴 때마다

산수유나무는 더 힘차게
꽃망울 부풀리고 있었다

# 벚꽃이 핀다는 것은

예열 할 시간이 충분하지 않았을텐데
검은 나무껍질을 뚫고 나온 꽃망울들,
정말 고집이 세다
봄날, 세게 웅크렸던 녀석일수록 꽃망울 화사하다
곱슬머리처럼 주름 쟁인 꽃잎, 성깔 있다

저 고집이면 살갗에
봄 햇살에 데우지 않아도
그 흔한 잎 새 하나 매달지 않고도
꽃봉우리 벙글어질 줄 알지
암, 환장하게 피어날 줄 알지

벚나무 힘주어 고집 피울 때마다
가지마다 탕.탕.탕. 꽃이 핀다

이제 곧 저 고집불통, 벚꽃들의 세상이 올 것이다

# 바람의 길을 따라가다

두 평, 베란다를 개조하여 화단을 만들었다.
땅이 생겼다는 것은 꽃을 피울 수 있다는 것이다
부드러운 흙에 영양토를 뿌려주니
새 뿌리들 영토 넓혀가며 튼튼해졌다
햇살 눈부신 날이며 어디선가 나비 날아들어
신혼의 봄날이 올 것 같았다
화사하게 꽃대 올리고 향기 짙어갔다
물을 뿌릴 때마다 햇살은 무지개를 만들었다
아마릴리스가 화끈하게 피었을 때 이름표도 달아주었다
복수초, 금낭화, 수선화, 팬지까지
작은 꽃들은 나에게 미소 지으며 봄날을 노래했다

그러던 어느 날부터
꽃나무들, 햇살 비추는 창문 쪽으로
일제히 고개 돌려 해바라기가 되었다
모두 태양의 눈을 따라가고 있었다
바람의 길을 걷고 있었다

내가 뿌려주는 물은 꽃나무를 키우지 못했다
영양토가 햇살의 그리움을 막지 못했다
어느 날 배신감에 못 이겨
꽃나무들의 돌아선 등만 바라보다 지쳐
나를 외면한 그 뿌리들을 모조리 뽑아버렸다

멀리 조류독감이 강을 건너고 있었다

# 슬픈 장례식 이후
― 외동딸 · 신영이

아직 누워 있었다
그녀는 아직 꿈속에서 아버지를 만나나 보다
차라리 화를 내며 울기라도 할 것이지
저 딱딱하게 응고된 침묵 속에 오랫동안 갇혀 있었다
잔기침 소리도 들리지 않았다
가끔 돌아눕는지 이불이 들썩 거렸을 뿐이다

방문이 좀처럼 열리지 않았다
저 문을 열면 아버지의 손 때 묻은 물건들이
하나씩 증발해 버릴까봐 두려웠는지
그녀는 한 줄기 빛조차 방안으로 들이지 않았다
묵은 기억들을 단지 속에 가두려는 듯 정물처럼 고요했다

지상의 마지막 끈이었던 아버지를 산에 묻던 날
비/가/내/렸/다/
그녀는 나무처럼 바람에 흔들리며 비를 맞았다
유일하게 아버지가 남겨준 유산은 외로움뿐이었기에
아무도 젖은 그녀를 받쳐줄 우산이 없었다
그녀는 고독을 상속받은 홀로 남은 상주였다

# 매화꽃이 필 무렵

저 탱탱한 젖꼭지 같은 꽃망울
겨우내 뜨거움 감추고 있었을 뿐이지
어둠 속에 묻어 둔 봄의 숨소리
이제 깨어나라는 봄바람의 속삭임에
꽃잎들 금새 확 피어나고 있다
저기 도톰한 꽃봉우리 보드랍게 부풀도록
햇살도 마시멜로처럼 늘어졌다
연한 꽃향기가 흐르는 봄밤,
차갑던 추억이 거짓말처럼 잊혀지고
하얀 달빛도 고양이처럼 조심스레 걸어가고 있다

# 바래길을 걷다

처음으로 바람의 존재를 알게 되었다
다랭이 마을 둘레로 이어지는 바래길에선
바람이 실로폰 소리를 냈다
낮 달맞이꽃들이 그 소리에 취해 흔들거렸고
먼 들판을 지나온 바람이
여름바다의 살갗에 닿아 푸르게 넘실거렸다
아카시아 꽃향기가 마을까지 걸어내려 왔을 때
나는 바다를 마주보고 있는 막걸리 집에 앉아
거친 기억 달콤한 유자막걸리에 절여 휘파람을 불었다
그러는 사이, 바람은
찰라의 순간을 떨이로 사들이기 위해
타박타박 걸어가는 노을빛을 모두 모아
단정하게 줄 맞춘 계단식 논과
층층이 놓인 다랭이 마을을
더 깊게 구부려놓고 있었다

# 구조라 분교의 봄

구조라 분교 교정의 네 그루 매화나무,
제일 먼저 거제도의 봄을 알린다
고요한 교실 안
깨진 유리 조각에 붙어 있는
몇 조각 햇살을 밟으면
어디선가 아이들의 웃음소리 들리듯 하다
칠판보다 창 너머 바다와 더 많이 얘기하고
파도소리와 동무했을 아이들은 지금 어디 있을까
한 때는 구조라 분교 마당 위에
겨울의 옷을 벗고
제일 먼저 당도한 봄 햇살들
겨울의 두터운 고치 속에서 풀려난
아이들과 같이 따스하게 바다를 데웠다

오늘도 바다는 하루 종일 책을 읽고
매화꽃나무들은 봄 바다에 취해 꽃잎 활짝 열고 있다

# 모평헌에서

모평헌 고택 대들보가 되려면 적어도
7년 동안 바닷물에 절였다가
15년을 바람에 말려야
겨우 이 집 기둥이 하나 될 수 있지
그래야 기둥에서 파돗소리 들리기도 하고
서까래 사이에서 바람소리 살아서 소리를 내지

나무는 늙으면 사그라져 죽는 줄 알지만
모평헌 고택에는 흙과 나무와 기와에 푸른 숨이 붙어살지
바다를 그리는 나무의 숨결이 그 집 단단히 지키지

모평헌에서 하룻밤 잠들었던 날
밤새도록 비린내에 절인 파돗소리 들었지
깊은 우물 속에 쳐박힌 두레박처럼
코를 깊이 박고 그 냄새에서 나오고 싶지 않았지
그리고 뒤뜰의 천년안샘에서
바다를 그리워하는 눈물을 보고야 말았지

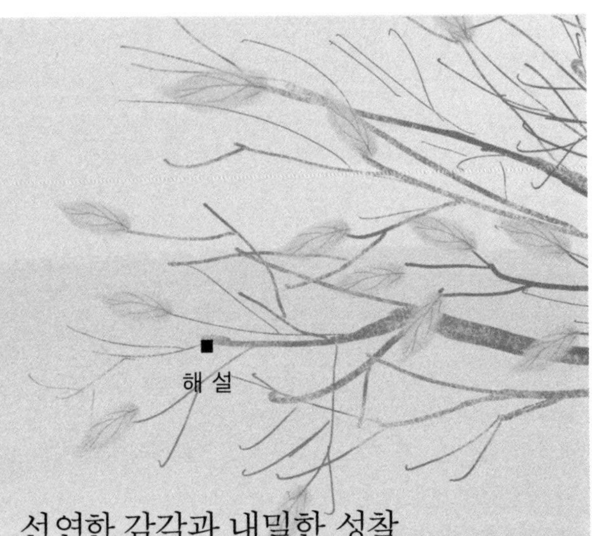



# 선연한 감각과 내밀한 성찰

유성호

(문학평론가, 한양대 교수)

# 선연한 감각과 내밀한 성찰

유 성 호
(문학평론가, 한양대 교수)

## 1. 역동적 상상력과 심미적 감각

우리는 서정시가 특유의 역동적 상상력을 통해 일상에 편재遍在해 있는 불모성을 치유하고 우리로 하여금 새로운 소통 가능성을 꿈꾸게끔 하는 언어적 양식임을 잘 알고 있다. 특별히 시인 자신의 감각을 재현하는 방법에 의해 사물들의 생성뿐만 아니라 소멸의 질서까지 두루 경험할 수 있다는 사실도 잘 알고 있다. 이는 비유컨대, 여명의 활력을 그리는 것도 중요하지만 해거름의 아우라를 형상화하는 데도 서정시의 종요로운 몫이 존재함을 말해주는 것이다. 이가희 시편들은 민활하고도 역동적인 상상력을 통해 세계와 내면에서 일고 무너지는 감각들을 다양하게 재현하고 재구성하는 데 온몸의 공을 들인다. 또한 그 감각들을 삶의 경이로운 자각 과정으로 현상하는 데 매진한다. 이처럼 그녀 시편들은 흘깃 무심하게 지나칠 수 있는 사물들에게 그들만의 목숨과 체온과 색깔을 부여함으로써, 시인 고유의 명명命名 특권을 아름답게 펼쳐내고 있다. 가령 다음 시편들은 그러한 상상력과 감각의 상호연관성을 선명하게 보여주는 실례들일 것이다.

네 향기를 다스리는 것은
대숲의 바람 한 줄기
너를 키우는 것은
댓잎에 매달린 이슬 한 방울

너를 한 잔 마시니
대숲 바람 한 줄기
내 몸 안으로 불어오고
목젖까지
댓잎에 맺힌 이슬방울들
햇살을 가득 실어 넘어간다

나는 지금,
햇살과 바람을 마시고 있다

─「죽로차」 전문


햇살 아래 저 초록 잎새들이
엽맥을 따라
잔잔한 길 찾아가는 것을
오랫동안 바라본다

오늘, 더듬는 것들이 미처 알지 못하는
새 길이라 해도
나도 저 잎새처럼
내 몸의 푸른 피돌기들 뻗어나갈 것이다

햇살이
나에게 주신 하루치의 命이기에!

─「햇살의 숙제」 전문


　대나무 그늘 아래서 이슬을 머금은 차로 알려진 '죽로차竹露茶' 안에서 시인은 "대숲의 바람 한 줄기"와 "댓잎에 매달린 이슬 한 방울"을 발견한다. 그것들이 차의 향기를 다스리고 키운 것이라고 상상하는 것이다. 그러니까 죽로차 한 잔에는 대숲 바람과 댓잎에 맺힌 이슬방울들이 햇살 가득 실은 채 담겨 있는 것이고, 시인으로서는 숙로자를 마시는 것이 아니라 자연스럽게 "햇살과 바람"을 마시고 있는 것이 아니겠는가. 그런가 하면 햇살 아래 초록 잎새들이 엽맥을 따라 길을 찾아가는 것을 응시하던 시인은 그 잎새들처럼 자신도 "몸의 푸른 피돌기들" 뻗어나가는 '새 길'을 걷겠다고 다짐한다. 그럼으로써 "햇살이/나에게 주신 하루치의 命"을 따르려 하는 것이다. 앞 작품에서 번져오던 향기가 뒤 작품에서 "하루치의 命"으로 확산되어가는데, 이때 내리쬐는 '햇살'과 흔들리는 '바람/잎새'는 모두 시인이 내면적으로 쌓아온 오랜 시간을 은유하고 있다 할 것이다.

이처럼 이가희 시편들은 사물 자체의 속성이나 외관을 묘사하는 것을 넘어서, 자연 사물과 인간 내면이 교호하고 결속하는 순간을 적극 발견해간다. 이렇게 그녀 시의 형상화 방법에는 선연한 심미적 감각이 깊이 잠복해 있고, 이것만으로도 우리는 이번 시집을 읽는 묘미를 한껏 느낄 수 있을 것이다.

## 2. 내면 탐구와 존재론적 생성

이가희는 견고한 내면 탐구를 통해 자신의 시적 수심水深을 깊이 들여다보는 시인이다. 물론 이러한 시학적 표지標識가 퇴행적인 정서로 나타나는 것은 결코 아니다. 오히려 그녀의 내면 탐구 욕망은 새로운 존재론적 생성을 예비하고 있다는 점에서 진취적이요 자각적인 것이라고 할 수 있다. 물론 이러한 내면 탐구의 이면에 지나온 시간에 대한 절절한 회한과 그리움이 깊이 가로놓여 있다는 점을 놓칠 수는 없다. 따라서 우리는 깊은 존재론적 생성 안쪽으로 시인 자신의 깊은 회한과 그리움이 개입해 들어오는 과정 자체가 이가희 시편이 씌어지는 과정이라고 말할 수 있을 것이다.

고요한 늦겨울의 밤바다
출렁이는 물결 위에 잠들지 못한 어린 별 하나
사뿐히 내 가슴으로 걸어 들어온다
그 발걸음에 나는 지금 숨 가쁘다

갯바위에 달라붙어 있는 거북손
이제 숨 고르기 끝냈는지 별빛이 스민다
얕은 바닷가 아직 잠들지 못한 나룻배 한 척

갈기 세운 바람 때문일까
가끔 들썩이며 돌아눕는다


이 밤이 지나면
어둠이 걷힐 것이고 비로소 나는,
소금기 밴 저 별빛으로
온 몸을 씻고 금빛 태양을 맞을 수 있을 것이다
비록 지금은 검푸른 바다만 바라보고 있지만
동쪽 어디쯤은
푸르스름하게 깨어나는 걸 알 수 있다


바다는 하늘만 바라본다
나는 그 바다만 바라본다

—「겨울바다에게 고함」 전문


　고요한 늦겨울 밤바다에서 시인이 바라보는 것은 "잠들지 못한 어린 별 하나"다. 갯바위에 별빛이 스밀 때 "잠들지 못한 나룻배 한 척"은 바람 때문에 들썩이고 있을 뿐이다. 이때 한적하고도 외따로운 '별/나룻배'의 형상은 어쩌면 시인 자신의 생을 은유하는 심미적 표상일 것이다. 시인은 밤이 지나면 그때 비로소 "소금기 밴 저 별빛"으로 몸을 씻고 "금빛 태양"을 맞이하려는 것인데, 그래서 "검푸른 바다"는 "금빛 태양"의 둘도 없는 생성적 모태가 된다. 시인으로서는 깊은 밤 동쪽 어디쯤에서 깨어날 '금빛 태양'을 미리 바라보고 있는 것이다. 이처럼 '바다/하늘/시인'이 서로를 바라보는 모습에서 정경교융情景交融의 시적 방법론이 빛을 발한다. 이러한 방법론은 "내 그리움에 귀 기울인 빗방울 하나쯤은/당신의 아득한 눈썹 위로 떨어질 것이라 믿습니다."(「빗방울은 그리움 싣고」)라든지 "대나무/바람의/기억을/곱씹어/비로소/음계를/만드니"(「대금」) 같은 표현들에서도 이어지는데, 그래서 우리는 이가희의 창작 방법이 일차적으로는 "기러기 떼//달빛을 걸어//밤하늘에//수묵화를//그리는"(「10월」) 것으로 출발하면서도, 그 감각의 선명함 안에 자신의 내면을 은유적으로 개입시키는 방식이라고 말할 수 있을 것이다.

생각해보면 우리가 이성적 합리성으로는 도무지 장악할 수 없는 상처나 운명에 대해 말하려고 할 때, 서정시가 즐겨 포착하는 것은 역설적이게도 가장 친숙한 일상성의 결들이다. 어찌 보면 '일상성'은 서정시의 비의秘義 추구적 속성에 비추어볼 때 썩 어울리는 대상이 아니다. 그런데 이가희의 가편佳篇들은 일상적 구체성에 즉하여 생의 비의에 다다르고 그럼으로써 구체성과 보편성을 아울러 결속하려는 시적 욕망을 꾸준히 보여준다. 따라서 일견

무의미한 관성의 집적으로 보이는 '일상성'은 이가희 시
편에서 커다란 역사나 현실보다 더욱 시인의 정서를 예리
하고 투명하게 드러내는 데 기어한다. 이번 시집은 그리
한 시인의 욕망과 의지가 투명하게 빛나고 있는 성과라
할 것이다.


　　가을은 흔들린다


　　늦가을 뼈 속에는
　　억새꽃의 흔들림이 있다
　　하염없이 강물을 바라보다가 억새밭에 함께 눕자
　　그 바람 아래, 쉰 살 여자의 가을도 흔들린다


　　멀리 금강 물살 위에 노닐던 노을을 끌고
　　산등어리 하나씩 넘어간다
　　수척한 저녁이라 빈 들녘 누추하지만
　　그래도 저무는 하늘가로
　　초대받은 듯 모여드는 기러기떼
　　잠시 흔들리던 내 이마의 흉터가 환해진다


　　이 계절의 끝,
　　가을이 메말라 화석이 된다면

허공을 흔드는 억새꽃들의 지휘만 남을 것이다

나는 그 성근 바람의 길에 접속하여

오늘은

끝까지 다 걸어가 봐야겠다

— 「쉰 살, 여자의 가을은 흔들린다」 전문

시인이 지천명知天命에 이르러 가 닿은 곳은 삶의 안정성이 아니라 여전히 흔들릴 수밖에 없는 가파른 실존이다. 쉰 살의 나이를 빗댄 '늦가을'에 시인은 억새꽃의 흔들림을 바라보면서 그 흔들림을 따라 "쉰 살 여자의 가을"도 여지없이 흔들림을 느낀다. 그 위로 나타나는 '노을/빈들녘/수척한 저녁'은 모두 소멸해가는 시간을 환유하고 있는데, 이때 시인은 흉터로 남은 시간들을 지나 흔들리는 몸일지라도 끝까지 길을 걸어보겠다는 긍정의 마음을 노래한다. 내면의 흔들림을 격정적으로 표현하지 않고 잔잔하고 투명하게 자연 사물에 의탁한 것이다. 이렇게 이가희 시인은 "씨줄의 햇살과/날줄의 바람으로/허공에다 집을 지을 수 아는"(「거미줄」) 사람이다.

우리가 잘 알듯이 모든 '기억'은, 과거에 대한 사실적 재현이 아니라, 현재적 시선에 의해 선택되고 구성되는 어떤 것이다. 그 점에서 시인이 선택하고 구성하는 기억이란, 바로 시인의 현재적 욕망과 닮아 있게 된다. 이가희

89

시편들 역시 지난날들을 일일이 호명하면서 기억의 힘을
통해 새로운 세계로 나아가려는 욕망을 담고 있다. 그럼
으로써 세상이 살 만한 곳임을 근원적 터치로 보여준다.
시간의 무게를 견디면서 우리로 하여금 우리의 기억들도
부조浮彫하게끔 만들어주고 있는 것이다. 그 긍정의 미덕
이 바로 이가희 시인의 현재적 욕망이 투사된 결과일 것
이다. 또한 이는 베르그송H. Bergson이 말한 "지속의 내
면적 느낌"이라고 부를 만한 시간이 시인 자신의 삶 속에
있음을 증명하기도 한다. 결국 이가희 시인은 오랜 시간
의 선택과 구성을 통해 내면 탐구와 존재론적 생성의 시
학을 견고하게 구축하고 있는 것이다.


## 3. 인생론적 성찰의 깊이

어떤 한순간을 잡아채 그것을 오래된 기억으로 치환하
는 것은 서정시가 수행해온 오랜 작법 가운데 하나이다.
이는 현실의 시간을 자신이 고유하게 경험한 시간으로 바
꾸려는 의지가 반영된 결과일 것이다. 따로 떨어져 있던
사물과 사물 사이에 유추적 연관성이 놓일 수 있는 것도
이러한 기억의 매개가 깊이 작용하기 때문이다. 이가희
시인은 이러한 기억의 매개를 통해 인생론적 성찰의 깊이

를 매 시편마다 보여준다. 이 점, 이번 시집의 새로운 진
경이 아닐 수 없다.


폭우가 쏟아지던 어느 여름날 나는 보았다
둥지 속에서 새들의 꿈을 키우는 것은
천둥이고 번개라는 것을
비상은
밤하늘 부드러운 별빛을 덮고 자는 것으로
단단하게 여물지 않는다는 것을
내일을 위해 폭우 속을 견디는
그 어린 날개를
나는 오랫동안 바라보고 있었다

　　　　　　　　　　　　　　　—「새의 둥지」 중에서

　시인의 시선이 폭우 속에서 가 닿은 것은 둥지 속의 새
들인데, 시인은 그들이 꿈을 키우게 된 원천적 자극이 강
렬한 '천둥/번개' 였음을 알아차린다. 새들은 비상의 내일
을 위해 부드러운 별빛보다는 폭우라는 환경을 견뎠던 것
이다. 이렇게 견인과 성숙의 시간을 보낸 새들의 "어린 날
개"는 바로 시인이 지내온 오랜 시간을 상징적으로 함의
한다. 시인 자신의 성숙 과정이 '새' 의 그것과 닮아 있었
던 것이다. 이렇게 이가희 시인은 "가장 아름다운 순간"

(「능소화꽃」)을 발견하고 소묘하면서 "딱딱하게 굳은 내 일상의 각질을 벗겨내고/별빛 박힌 보석 섬 통째로 가슴에 심는"(「그 섬, 나문재로 가라」) 보습을 일관되게 보여준다. 그래서 그녀 시편을 두고 "시와 현실의 경계에서 그 둘 사이를 부단히 삼투시키면서 성취해내는 서정의 만화경"(이형권)이라는 평가가 가능했던 것이다.

울지 못하는 날이 많아질 때마다 그 산에 올랐다
멈추지 않고 물들어가는 저 산자락으로
내 무른 눈물이 번지고 있었다
돌 탑 아래 흩어진 가을 햇살 아래
유난히 붉은 단풍나무 한 그루
내 안에 들여와 설컹거리는 마음을 데워본다
노랗게 혹은 빨갛게 익어가는 산사 아래
가을빛 고요하게 내려앉는다

바람 한 줄기, 벌써 가지를 비워 낸 나무에게
돌아선 마음 애써 잡지 말라 달랜다
떠날 채비 끝낸 나뭇잎새들의 먼 여행길에
내가 있겠다고 가볍게 읊조린다

더 늦기 전에 단풍잎 우표 한 장 붙여서

갑사의 뒤뜰, 홀로 남아 등 굽어가는 소나무에게
안부의 긴 가을 편지를 써야겠다

─「갑사의 뜰」 전문

사찰 뜨락에 햇살(풍경)과 마음(내면)이 어우러진다. 시인은 "울지 못하는 날이 많아질 때"라고 했지만, 결국 그 날들은 "무른 눈물"이 번지고 "가을 햇살 아래/유난히 붉은 단풍나무 한 그루"가 내면으로 들어와 고요해지는 날들이었을 것이다. 가을바람 속에서 소멸해가는 나뭇잎들을 보면서 시인의 마음은 단풍잎을 우표 삼아 "홀로 남아 등 굽어가는 소나무"에게 안부 편지를 써야겠다는 것으로 옮겨간다. 자연 사물들과 한 몸이 되면서 잔잔해지는 것이 '흔들림'으로 가득했던 삶을 가라앉혀가는 시인의 품을 드러내준다. 이렇게 이가희 시편은 "내일은//수척한 몸과 시린 마음,//초록빛으로 통통하게 살쪄 싱그러워지겠다"(「과식」)면서 인생론적 긍정의 시학을 보여주고 "햇살이 오랫동안 앉아 쉬고/바람도 구름도 잠시/순한 고개에 걸터앉아 숨고르기 한다는 것을"(「대관령 고개에서 하늘을 만나다」) 깨달아가는 발견의 시학을 보여준다.

이러한 그녀 시편을 두고 우리는 새삼 서정시가 수행하는 고전적 상상의 역능力能을 생각해본다. 물론 이가희의 고전적 시법詩法은, 가열한 실험 정신이나 전위적 자세와는 거리가 멀다. 하지만 역설적으로 말하면, 지금 우리 시대에 고전적 시법의 느리고 더딘 성숙의 목소리만큼 근원적 위안을 주는 것이 있기나 할까. 충분히 낯익은 그녀의 목소리와 표정이 오히려 우리가 쉽게 망각하곤 했던 삶의 본령 혹은 궁극적 의미 같은 것을 새삼 일깨워주는 기능을 하지 않는가. 낯익은 세계에서 자신을 일으켜 세우고 또 그 토양에 자신의 시적 뿌리를 지속적으로 내려가는 그녀의 일관된 고투가 반가운 것도 이러한 까닭에서일 것이다. 그만큼 이가희 시인은 이번 시집에서 자연 사물과 단단하게 결속한 인생론적 성찰의 깊이를 아름답게 보여주고 있다.

## 4. 상상력과 감각의 확장을 위하여

이가희 시인은 "하얀 영혼의 꽃,/저 화사한 달빛 안고 기다리면/아프지 않게 늙을 수 있겠다"(「박꽃」)라고 고백한 바 있다. 그런데 우리는 이러한 그녀의 궁극적 자기 긍정이 이번 시집에서 새로운 권역을 지향하는 모습으로 나아가고 있다는 점에 주목하고자 한다. 그것은 이른바 타자 지향이라고 할 수 있는 것인데, 특별히 시인은 다문화 사회에 대한 따뜻한 시선을 새롭게 보여준다. 주지하듯

우리 나라에 들어와 있는 이주 노동자들은 이른바 ‘외국인 거주자(metics)’ 인 셈인데, 산업 연수생 신분이나 고용 허가제 같은 법규를 통해 입국하여 우리 사회의 3D 업종에서 저임금 노동에 종사하는 이들을 말한다. 이들이 산업 현장에서 겪는 고통은 우리 사회 현실의 계층 구조를 고스란히 닮아 있고, 그래서 더욱 구체적인 통증으로 가슴에 와 닿는다고 할 수 있다.

새벽부터 잰걸음 걷던 바람도

대화공단 굴뚝 아래서 멈춘다

꼬막등처럼 등뼈 접고 잠들었던 칠레 견습공 빤타레

물컹한 슬픔 안고 빈들교회로 간다

어쩌다 이 먼 곳까지 와 버린 것일까

처음 발 딛던 2년 전

가슴은 마냥 별빛으로 출렁였는데

손가락 두 개가 잘려나가고

여섯 달째 밀린 월급봉투는 아득히 표류중이고

낯선 땅 서러운 노래 소주잔에 띄워 삭이곤 했다

눈만 감으면 두고 온 후타섬,

쪽빛 바다물결 눈썹 가까이 밀려오고

그 쪽으로 고개 파묻고

어설픈 기도문 통증처럼 뱉어내는 그의 이름은 외국인

노동자
　　거친 파도의 목청으로 울다 허리 꺾인 동료들처럼
　　그래도 또 다른 비상을 꿈꾸며
　　사장님 몰래 투서도 보내고
　　대사관 깃발 아래 탄원서 날렸지만
　　이유 없이 몇몇은 본국으로 쫓겨 가고
　　또 몇몇은 기어이 젊은 날개가 꺾여
　　상처의 휘장을 달고 추락해야만 했다

　　콧속, 까만 분진들
　　곰삭은 천식으로 쿨럭대고
　　허물어지는 그의 생도 먼지 켜켜이 쌓이는데
　　손톱 밑 때 절은 노동의 시간은
　　신음하는 그의 입술을 훔치고 흘러나와 하루종일,
　　빈들교회 십자가만 축축이 적시고 있다
—「빈들교회」 전문

　시인의 시선에 칠레 출신의 한 견습공이 들어왔다. 대
화공단에서 일하는 '빤타레'라는 이름의 이 청년은 "꼬막
등처럼 등뼈 접고" 잠을 자고 나서 슬픔을 안은 채 '빈들
교회'로 간다. 처음 입국했던 2년 전만 해도 가슴은 별빛
으로 출렁였지만, 상해와 차별을 입고 받으면서 그는 "낮

선 땅 서러운 노래"를 안고 살아왔다. 고향 '후타섬'의 쪽빛 바다물결이 눈썹 가까이 밀려오는 순간, 그는 함께 비상을 꿈꾸다가 사라져간 동료들을 떠올린다. 그네들이 본국으로 쫓겨 가거나 상처와 추락의 삶을 살 때, 그 역시 "콧속, 까만 분진들"을 삭여가면서 지내왔기 때문이다. 이러한 그들의 서사가 "빈들교회 십자가"를 눈물로 적시는 장면을 시인은 시 안쪽에 이토록 선명하게 담아냈다. 이처럼 자본이 매개되어 차별의 논리를 재생산하고 있는 이들의 존재 방식에 대해 시인은 성찰적 타자성으로 다가감으로써 자신의 상상력과 감각을 확장해간다. 어쩌면 다음 시집에서는 이러한 사회적 타자들의 서사가 점증漸增하지 않을까 조심스레 기대해본다.

우리가 지금까지 읽어온 것처럼, 이가희 신작시집의 음역音域은 선연하고도 구체적인 감각을 일차적으로 구축하면서, 동시에 그 안으로 자신의 내밀한 성찰을 개입하는 방식으로 이루어져 있다. 그녀를 세상에 알려준 첫 시집 『나를 발효시킨다』(문학세계사, 2004) 이후 9년여 만에 나오는 이번 시집은, 이렇게 더욱 성숙한 사유와 감각의 진경을 보여주는 구체적 결실이라 할 것이다. 이제는 이 시집이 보여준 남다른 감각과 성찰의 깊이에 세상의 역동적 반응이 다가갈 차례이다.